1
3
100
100000000
1000
10000

いち、に、さんすう

ときあかしましょうがっこう

○《まる》を□《しかく》に！

宮下すずか
絵　市居みか

「おはよう。おまたせっ！」
さいの　いっちゃんの　元気《げんき》な　こえが
ひびきわたりました。
これから　ときあかしましょうがっこうへ
むかう　みんなは、びっくりです。
なんと、いっちゃんが　れいぞうこを
かついで　きたからです。
ぽかんと　口《くち》を　あけた　ままの　ぶたの

にこちゃん、ろばの　しのちゃん、うしの
ひゃくえちゃんは、「おはよう」を　いうのも
わすれて　しまいました。

「その　れいぞうこ、どうしたの？」

「おもかったでしょう？」

「これから、がっこうへ　もって　いくの？」

つぎつぎと　なげかけられた　しつもんに
いっちゃんは　にこにこして　います。

「そうだよ。だって、きのう　さんすうの
じかんに、せんせいが　いったでしょう。

あしたは、まる、さんかく、しかくの　かたちを

したものの　なかから、ふたつ　もって
きなさいって。だから　わたしは、しかくい
れいぞうこを　はこんで　きたの。」
いっちゃんは、
「よいしょ」と
れいぞうこを　下《した》に
おろすと、
「こっちは　まる！」

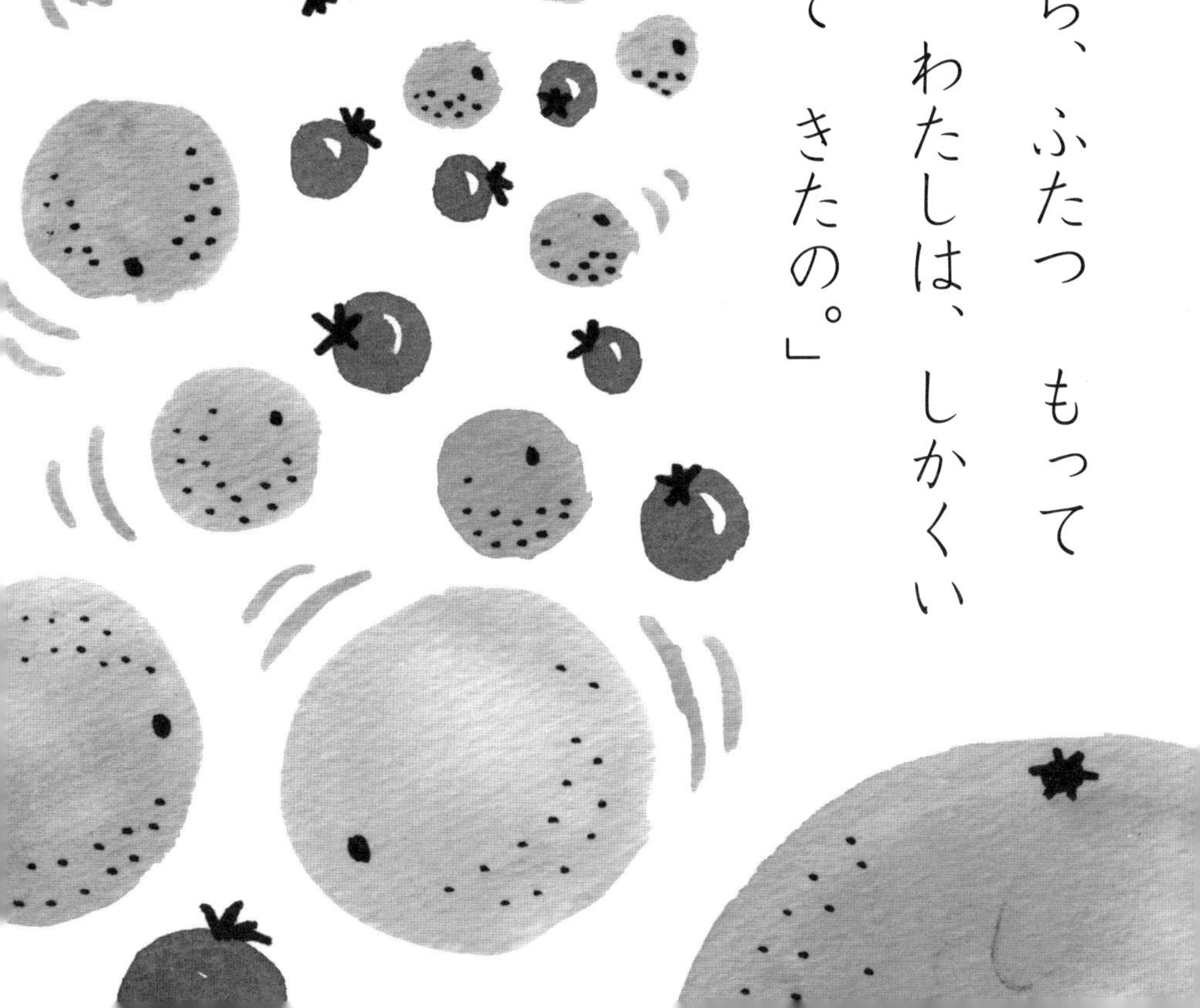

と　いって、なかを　あけました。とたんに
オレンジと　ミニトマトが、ごろごろ
ころころ　とびだしました。

「さぶろう」

クラスの　みんなは、この
四《よん》ひきを　そう　よんで　いました。

さいの　いっちゃん

ぶたの　にこちゃん
ろばの　しのちゃん
うしの　ひゃくえちゃん
みんな　女《おんな》の子《こ》なのに、なぜ「さぶろう」
なんて　いわれて　いるのでしょう。
それは、「さい」「ぶた」「ろば」「うし」の
あたまの　ひともじを　つなげると、
「さぶろう」に　なるからです。

いえが　きんじょで、なかよしの
四《よん》ひきは、いつも　いっしょです。

「ところで、みんなは　なにを　もって
きたの？」

いっちゃんが　きくと、

「たまご！」

「ケーキ！」

「おにぎり！」

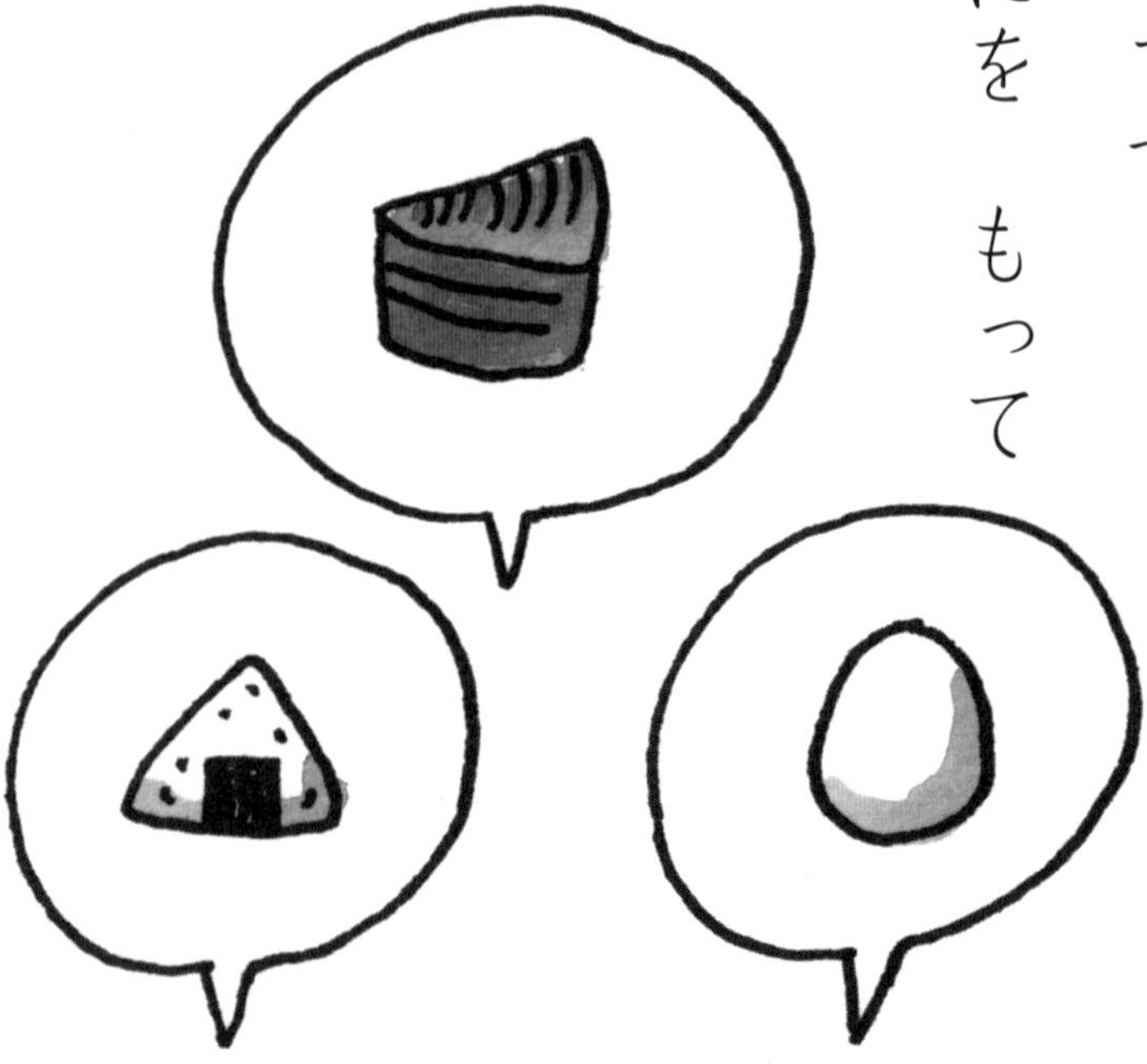

三《さん》びきは、それぞれ　こたえました。みんな
たべる　ことが　だいすきですから、
たべものばかりです。
おもい　れいぞうこを　かついで　いる
いっちゃんを　しんぱい　しながら、みんなは
がっこうへと　いそぎました。

「おはようござ……」

ガラッと　とを　あけて　はいって　きた
れいのすけせんせいの　こえが、とちゅうで
ぴたりと　とまって　しまいました。
一《いち》ねん三《さん》くみ　たんにんの、オランウータンの
れいのすけせんせいも、いっちゃんが　はこんで
きた　れいぞうこに　おどろいたようです。
おまけに、じてんしゃまでもが　どっかりと
おかれて　いるでは　ありませんか。

れいのすけせんせいは、もう　いちど、
あさの　あいさつを　しなおしました。

「お、おはようございます。いったい　これは
どういう　ことですか？　だれが　もって
きたのかな、れいぞうこや　じてんしゃを！」
すると、いっちゃんが、さっと　手《て》を　あげて
いいました。
「わたしの　うちの　れいぞうこです。」
つづいて　手《て》を　あげたのが、うまの
ごろうくんでした。

「じてんしゃは　ぼく。　まえに　ついて　いる
かごが　しかく。　タイヤは、　まるです。」
　たしかに　きのう
れいのすけせんせいは、
「まる、　さんかく、　しかくの
かたちを　した　もの」　を
もって　くるように
いいました。

けれども、れいぞうこや　じてんしゃを　もって
くるなんて、おもいも　よりませんでした。
「ワッハッハ。そうだね、そう　いったなあ。
だから、いっちゃんも　ごろうくんも、
こんなに　大《おお》きな　ものを　もって　きて
くれたんだね。たいへんだっただろう。では、
ほかの　みんなも　なにを　もって　きたのか、
見《み》せて　ください。」

れいのすけせんせいは、いつものように
ごうかいに　わらいながら　いいました。
ランドセルを　あける　子《こ》、
てさげぶくろから　とりだす　子《こ》、それぞれ
もって　きたものを　つくえの　上《うえ》に
おきました。
　ただ、ミーアキャットの
さんきちくんだけが、

さっきから　じっと　下《した》を
むいた　ままです。
ふだんは、きょろきょろ
あたりを　見《み》まわして
いるのに、きょうは　どうした
ことでしょう。いつもと
ちがう　ようすに、いぬの
きゅうたくんが、ききました。

「さんきちくん、どうしたの？　おなかでも
いたい？」
「ううん。おれさ、もって　くるのを
わすれちゃったんだよ。」
「え？　じゃあ、なんか　ないかな。ポケットの
なかでも　さがして　ごらんよ。」
こそこそと　小《ちい》さな　こえで　はなして　いる
さんきちくんと　きゅうたくんは、ときどき

けんかを　しますが、すぐに　なかなおりを
します。この　二《に》ひきは、ほいくえんの
ときからの　ともだちなのです。
さんきちくんの「さん（サン）」と、
きゅうたくんの「きゅう（キュウ）」を
とって、クラスの　みんなから
「サンキュウコンビ」と　よばれて　いました。
あわてて　ポケットを　ごそごそ　さがす

さんきちくん。いれっぱなしに　していた
しわくちゃな　ハンカチしか　ありません。
ひろげて　みても　しわだらけで、
しかくには　なりません。
がっかりしながら、はんたいの　ポケットを
さぐって　みると、ティッシュと　いっしょに
ほそい　ひもが　でて　きました。
「それだよ、さんきちくん！

その　ひもで、まるだって
さんかくだって　しかくだって、
いろいろな　かたちが
できるじゃ　ない。」
「そいつは　いい　かんがえだ。
ありがとうよ、きゅうた！」
えがおに　なった　さんきちくんに、
きゅうたくんも　にっこり　わらって

うなずきました。
「それでは、じゅんばんに　見《み》せて
もらおう。」
れいのすけせんせいが　いいました。
「わたしは、しかくい　ものと　まるい
ものです。」
ぶたの　にこちゃんが、そう　いいながら
しかくい　おべんとうばこを　あけると、

なかには　ゆでたまごが
はいって　いました。
「ぼくも　にこちゃんと
おなじで、しかくと　まる。
でも、これ　一《いち》まいで
よかったから、らくちんでした。」
きゅうたくんが　ひろげた、
まっしろな　しかくい

がようしの　まんなかには、赤《あか》い　まるが
ありました。
それは、日《ひ》のまるの　はたでした。
いろいろな　くにの　こっきに　くわしい
きゅうたくんは、日本《にほん》の　こっきを　かいて
きたのでした。
おしゃれな　おおかみの　はちみちゃんは、
くびに　まいた　ピンクいろの　スカーフを

ひろげると、
「ここに　とりだしたる　ましかくの
スカーフ。こうして　はんぶんに　おると、
ながしかく。さらに　はんぶんに　おると、
小《ちい》さな　ましかくに　なります。
　もう　いっぺん　ひろげて、こんどは
ななめに　おって　みましょう。ほうら
さんかくに　なります。

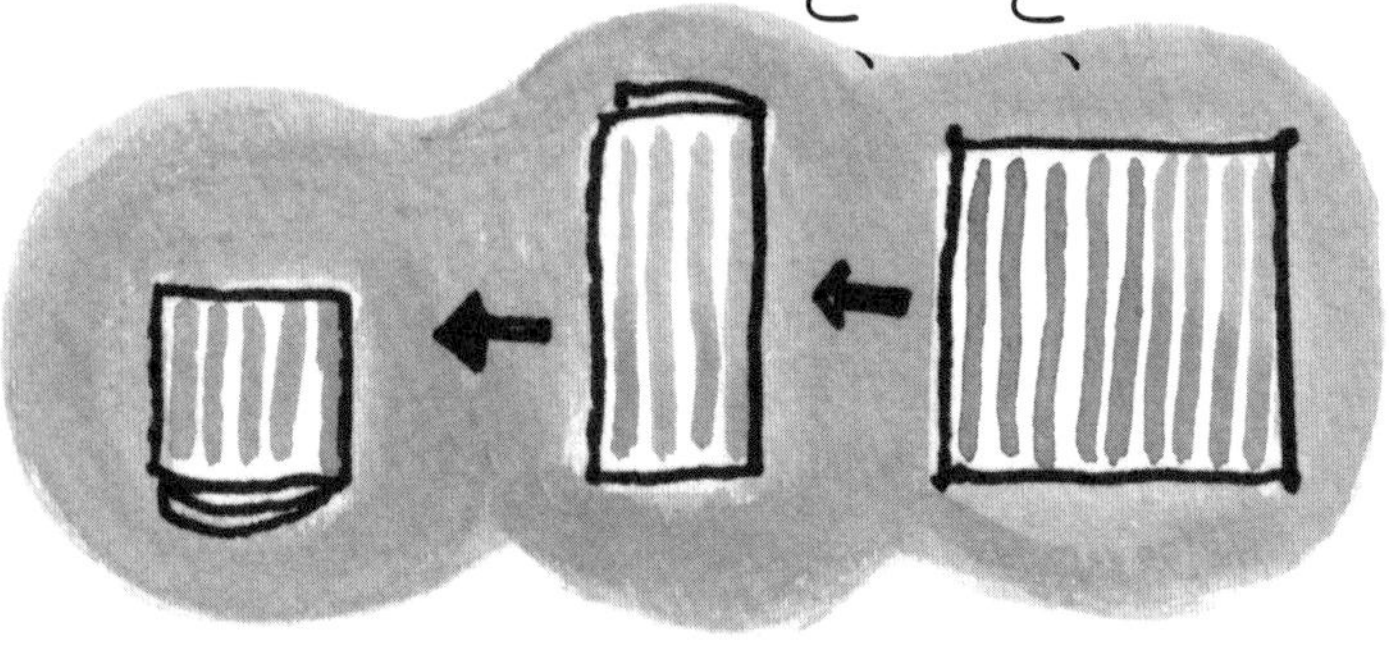

また　これを　はんぶんに
おると、小《ちい》さな　さんかく。
またまた　おると、さらに
かわいい　さんかくの
できあがり！」
と、てじなの　ように
やったので、クラスの
みんなは、パチパチと

はくしゅを　おくりました。
はちみちゃんと　なかよしの　ひつじの
ななちゃんは、しかくい　せっけんを
とりだしました。ぷーんと　ばらの　よい
かおりが　ただよいます。もう　ひとつは
しゃぼんだまです。ふうっと　ストローで
ふくと、まんまるの　しゃぼんだまが
つぎつぎに　ちゅうに　まいました。

「わあ！」と　いう
こえと　ともに、
またまた　はくしゅが
おこりました。
ろばの　しのちゃんが
もって　きたのは、
さんかくの
チョコレートケーキだけでした。

しのちゃんが、つくえの　上《うえ》に　そうっと
おくと、チョコレートの　あまい　かおりを
かぎつけた、ぶたの　にこちゃんは
いいました。
「おいしそうだね。せんせいは、ふたつの
かたちって　いったけど、これだけ？」
「うん。この　ケーキは、さんかくと
しかくだよ。」

「えっ？　ケーキは　さんかくでしょう。
しかくって　どういう　こと？」
「上《うえ》から　見《み》ると　さんかくだよね。でも、
まよこから　見《み》て　みて。」
にこちゃんが　まよこから
見《み》て　みると、なるほど
しかくい　かたちを　して
います。それに　しても

おいしそうな　ケーキに、にこちゃんは　大《おお》きな
はなを　くんくん　させました。
「あっ！」
いつも　のんびりの　うしの
ひゃくえちゃんが、さけびごえを　あげたので、
クラスの　みんなは　いっせいに
ひゃくえちゃんを　見《み》ました。
つくえの　上《うえ》の　おむすびが、ころげおちて

しまったのです。
ひゃくえちゃんは、まんまると　さんかくの
ふたつの　おむすびを　もって　きました。
ころがったのは、まるい　ほうでした。
ひゃくえちゃんは、ふと「おむすび
ころりん」と　いう　むかしばなしを
おもいだしました。
「さんかくと　いえば、なんたって

さかさまちゃわん山《やま》でしょう。」

まどがわの　せきで、山《やま》を　ながめて　いたろばの　しのちゃんが　いいました。

さかさまちゃわん山《やま》は、ごはんぢゃわんをさかさまに　したような　かたちを　していて、このあたりでは　いちばん　たかい山《やま》です。

しのちゃんは、つづけました。

「もし、さかさまちゃわん山《やま》が
まんまるだったら、ひゃくえちゃんの
おむすびみたいに、ころがって
しまうかも　しれないわ。」
「まんまるの　山《やま》って、どう　やって
のぼったら　いいんだろうねえ。」
「しかくだったら　ころがらないけれど、
のぼるのは　むずかしいよ。ぜっぺきに

なるから、
はしごでも
かけなければ
むりだね。」
「やっぱり、
さんかくで
よかったわ。
のぼりやすいから。」

みんなが　あれこれ　はなしを
して　いる　なか、こうもりの
まんりちゃんだけが、にやにやして
いました。
いばりんぼうの　まんりちゃんは、みんなの
あたまの　上《うえ》を　くるりと　まわりながら、
「ふん、山《やま》が　しかくで　あろうが　まるで
あろうが、そんなの　かんけい　ないね。

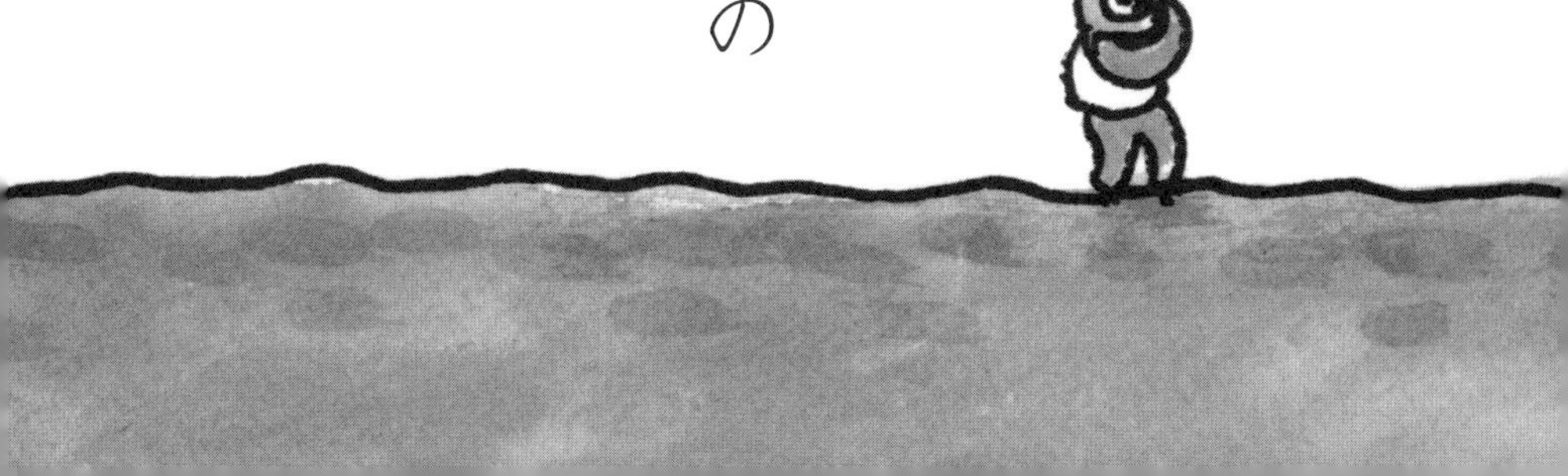

あたしは　どこへだって　いける。なんたって
空《そら》を　とべるのは、この　あたしだけ。どうだい、
すごいだろう。」
と　いいましたが、だれも　きいては
いませんでした。
うっとりと　うつくしい　山《やま》を　ながめて
いる　子《こ》どもたちに　れいのすけせんせいは、
「きみたちは　いま、山《やま》が　ちがう　かたちに

なったら　どうなるだろうって、そうぞうして
みただろう。おなじように、きょう　もって
きた　ものを、あたまの　なかで　ちがう
かたちに　かえて　みよう。
まるい　ものは、さんかくか　しかくに。
さんかくの　ものは、しかくか　まるに。
しかくい　ものは、まるか　さんかくに。
それが　きょうの　しゅくだいです。」

と　いうと、ちょうど　チャイムが　なりました。
　さぶろうは、かえりも　いっしょに
かえります。
　いつも　やさしい　えがおですが、
いたずらっ子《こ》や　いじめっ子《こ》が　いたり
すると、いっぺんに　こわい　かおに
かわります。そして、さぶろうに　ぐるりと

かこまれた　子《こ》は、こてんぱんに
しかられるのでした。
その　日《ひ》も、がっこうで　だされた
しゅくだいを　やりながら、かえって　きました。
じぶんが　もって　いた　ものを、かたちを
かえて　そうぞうして　みると、おもしろくて
たまりません。
さいの　いっちゃんは、しかくい

れいぞうこを　まんまるに　して　みました。
それは、ゆきだるまのような　れいぞうこに
なりました。
　ぶたの　にこちゃんは、ころころ　まるい
ゆでたまごでは　なく、なまたまごを
ぱかんと　わって　つくった、しかくい
たまごやきを　うかべました。
　ろばの　しのちゃんは、ケーキを、どこから

見《み》ても　まんまるの、おだんご　三《さん》こに
へんしんさせて　みました。

うしの　ひゃくえちゃんは、
さいころみたいに　しかくい　おむすびです。
これなら　かんたんには　ころがりません。
さぶろうが、おしゃべりしながら　あるいて
いくと、「どんぶりいけ」と　よばれる　まるい
いけの　ほとりに、サンキュウコンビが
すわりこんで　いました。
ときどき　いけの　なかに、「ポチャリ」

「ポッチャン」と　石《いし》を　なげいれて　います。
そんな　ことを　したら、さかなたちが
おどろくに　ちがい　ありません。
「こらっ、石《いし》を　なげるの
やめなさいよ！」
とつぜん　きこえて　きた
こえに、サンキュウコンビが
おどろいて　ふりかえると、

そこには　目《め》を　つりあげた　さぶろうが、よこ一《いち》れつに　ならんで　立《た》って　いたのです。

「ひゃあ、まずいよ。口《くち》うるさい　さぶろうにつかまっちゃった。どうしよう。」

「また　いろいろ　いわれるから、はやくにげようぜ。」

サンキュウコンビは、小《ちい》さな　こえではなすと、あわてて　立《た》ちあがりました。

「お、おれたちは、まる　さんかく　しかくの
石《いし》を　さがして　いたんだよ。なあ、
きゅうた。」
「そうだよ。それに　さんきちくんが　もって
いた　ひもで、いろんな　かたちが
つくれるでしょう。どんな　かたちが　すきか、
やって　みて　いたんだ。」
サンキュウコンビは、おどおどしながら

こたえました。
「それで、どんな　かたちが　すきなのよ。」
いっちゃんの　しつもんに、
「まるが　いちばん　すき！
おれの　ノートは、
ばつばっかり　つけられて
いるから、まるに
あこがれるんだよ。」

と、さんきちくんが　こたえると、さぶろうは
げらげらと　わらいました。
「ぼくは、さんかくが　すきだなあ。まると
ちがって、いろいろな　かたちが　あるからね。
とんがりぼうしのような　たてに　ながい
さんかくや、よこに　ながくて　ひらべったい
さんかく。それから　トライアングルのような
さんかくも！　かいて　いて　とっても

たのしいんだ。ところで、
さぶろうちゃんたちは
なにが　すき？」
　きゅうたくんが
といかけると、いっちゃんが
くびを　かしげながら　いいました。
「やっぱり　まるかなあ。」
　すぐさま、にこちゃんが　いいました。

「だんぜん　わたしも　まるが　すき！　まるって、なんか　ほっと　するもの。おひさまも　まんまるだしね。」

いっぽう　しのちゃんと　ひゃくえちゃんは、

「いいえ、さんかくが　いいわ。」

「わたしも！　さんかくって、リズムが　あって　たのしいじゃ　ない。いち　に　さん、いち　に　さん。ワン　ツー　スリー、ワン　ツースリーって。」

と　いうと、「ワン、ツー、スリー」を

二《に》ひきで　なんども　くりかえして　いました。

「あら、まるだって　たのしいわ。『くる　くる

くるり　くるっ　くるっ』って　うたいながら

かくと、あっと　いう　まに　まるが　五《いっ》つ、

かんたんに　かけちゃう。オリンピックだって

五《いっ》つの　まるい　わでしょう。」

いっちゃんは　そう
いいながら、空《そら》に　わを
いくつも　えがきました。
「いいえ、三《さん》びょうしの
ほうが、　きもちが
うきうきして　くるわ。」
しのちゃんも　まけずに
いいました。

「まるの　ほうが、ほんわかした　あったかい
きもちに　なれるわ。」
「じゃあ、さんかくは　つめたいって　こと？」
いけんが　まっぷたつに　わかれました。
さいの　いっちゃんと　ぶたの　にこちゃんが
すきなのは、まる。
ろばの　しのちゃんと　うしの
ひゃくえちゃんが　すきなのは、さんかく。

さてさて、こまったのは
サンキュウコンビ。いっこくも　はやく、
ここから　にげだしたいのですが、さぶろうに
しっかりと　かこまれて　しまいました。
しかも　あたまの　上《うえ》では、「まる」
「さんかく」と、ことばが　はげしく
とびかって　います。
東《ひがし》へ　にげようと　すると、さいの

いっちゃんが　でんと　かまえて、「まる！」と
いって　うごきません。
それならばと、はんたいがわの　西《にし》へ
いこうと　すると、ろばの　しのちゃんが
「さんかく！」と　いって、大《おお》きな　目《め》で
ぎろりと　にらみます。
しかたがない、ならば　南《みなみ》へと
おもいきや、ぶたの　にこちゃんが

「まるだってば！」と、ぶうぶう　はないき
あらく　おこって　います。
さいごは　北《きた》しか　ないと、あわてて
ふりかえって　みたのですが、これも
だめです。うしの　ひゃくえちゃんが
「さんかくよ！」と　いって、とおせんぼうを
して　いるでは　ありませんか。
サンキュウコンビは、どちらへ　いっても

にげられません。四《よん》ひきに　かこまれて、まったく　みうごきが　とれないのです。

　そこで、サンキュウコンビは　かおを見《み》あわせて　いいました。

「さんきちくん。ぼく、きらいに　なったかたちが　ある。」

「きゅうた、おれも　おなじだ。」

　二《に》ひきが　きらいな　かたちとは……。

それは「しかく」でした。さぶろうの
四《よん》ひきが、ましかくの　かたちを　つくるように
立《た》って　いたからです。
その　まんなかに　はいって　しまった
サンキュウコンビは、おそるおそる
いいました。
「あのう、さぶろうちゃんたちが　いちばん
すきな　かたちって、いまの　この

かたちじゃ　ないかな？」
「まるよりも、さんかくよりも、さぶろう
四《よん》ひきが　ばっちり　そろった　しかくい
かたち！」
それを　きいた　さぶろうは、いっしゅん
だまって　しまいました。
それから、つぎつぎに　いいました。
「サンキュウコンビの　いう　とおり。」

「四《よん》ひきが　そろった　かたちが、
いちばんね。」
「だれかが　いなくて、さんかくに　なったら
さみしいわ。」
「やっぱり　わたしたちが　すきなのは？」
さぶろうの　こえが　ひとつに　なって、
大空《おおぞら》に　ひびきわたりました。
「し、か、く！」

つぎの　日《ひ》、れいのすけせんせいは　さいの
いっちゃんの　ノートを　見《み》ながら、
ふしぎに　おもいました。
さんすうが　とくいな　はずの
いっちゃんが、へんてこりんな　こたえを
かいて　いたのです。

7－7＝口

3＋5＝日

10－2＝日

どうして　ここに、かんじの「口《くち》」や
「日《ひ》」が　でて　くるのか、せんせいには
さっぱり　わかりませんでした。しばらくして、
「そうか！　わかったぞ。」
れいのすけせんせいは、パンッと　手《て》を

たたきました。

7−7＝0→口

3＋5＝8→日

10−2＝8→日

いっちゃんたら、まるい　かたちを
しかくに　かいて　いたのです。
なんたって、しかくが　大《だい》すきですから。

作：宮下すずか（みやしたすずか）

長野県生まれ。「い、ち、も、く、さ、ん」で「第21回小さな童話大賞」大賞受賞（毎日新聞社、2004年）。『ひらがなだいぼうけん』（偕成社）で「第19回椋鳩十児童文学賞」受賞（2009年）。その他の作品に『あいうえおのせきがえ』『にげだした王さま』『とまれ、とまれ、とまれ!』『カアカアあひるとガアガアからす』「ゆかいなことば　つたえあいましょうがっこう」シリーズ、「いち、に、さんすう　ときあかしましょうがっこう」シリーズ（いずれもくもん出版）、『カタカナダイボウケン』『すうじだいぼうけん』『漢字だいぼうけん』（いずれも偕成社）がある。

絵：市居みか（いちいみか）

兵庫県生まれ。主な作・絵の作品に『ろうそくいっぽん』（小峰書店）、『ねこのピカリとまどのほし』（あかね書房）、絵の作品に「こぶたのブルトン」シリーズ（アリス館）、『ぼくだってトカゲ』（文研出版）、『さつまいもおくさん』（小学館）、『かさとながぐつ』（瑞雲舎）など多数。滋賀県の山あいの町で、夫、息子、猫のラムネと在住。

装丁・デザイン　村松道代（TwoThree）

いち、に、さんすう　ときあかしましょうがっこう
○《まる》を □《しかく》に!

2016年 9 月28日　初版第1刷発行
2021年10月21日　初版第2刷発行
作　宮下すずか
絵　市居みか
発行人　志村直人
発行所　株式会社 くもん出版
〒108-8617　東京都港区高輪4-10-18　京急第1ビル13F
電話　03-6836-0301（代表）
03-6836-0317（編集）
03-6836-0305（営業）
ホームページアドレス　https://www.kumonshuppan.com/
印刷　図書印刷株式会社

NDC913・くもん出版・64P・22cm・2016年・ISBN978-4-7743-2504-0

CD34574

2
6
5
4
7
9
8
10